이제 곧 죽습니다 3

Contents

이제곧
죽습니다

chapter_____23

죽었으면 다 끝나야지!

아파서
우는 거야?

많이 다쳤어?

숙

아뇨…

피도
안 났고…

별로 안 다쳤어요.
괜찮습니다.

만지작

웃차

그래?
알아서 일어나는 걸 보니
괜찮은 것 같긴 하네…

근데 이 시간에
이런 산속에 무슨 일로
쓰러져 있는 건가?

그, 그럼 아저씨는
여기 왜 계신데요?

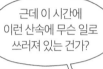

아…

나? 난 이 산속에
집 짓고 살고 있으니까
여기 있지.

자연인…
뭐 그런 건가?

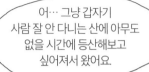
근데 진짜 여긴
등산객도 잘 안 다니는
산인데 왜…

어… 그냥 갑자기
사람 잘 안 다니는 산에 아무도
없을 시간에 등산해보고
싶어져서 왔어요.

흠… 나, 자네가
왜 산에 왔는지
알겠는데.

내가 생각해도
변명 X나 이상하네…

뭐, 뭐야.
눈치챘다고?

어떻게?

움찔

⁉

자네…

고민이 많아서
산에 올랐구먼?

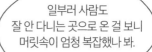
일부러 사람도
잘 안 다니는 곳으로 온 걸 보니
머릿속이 엄청 복잡했나 봐.

맞지?

엉?

나도 세상이 복잡하고
힘들어서 산에 들어온 사람이라
그 맘 잘 알아.

그렇게 힘들 땐
이것 또한 지나가리라
하는 마음으로 버텨봐.

모든 것엔
끝이 있는 법이니까.

하아아…

털썩

진짜 힘들었다.

그래도 돈 묻어놓는 건 성공했으니까 됐어.

꼴깍

꼴깍

후우ー

개흑

빠드득

쭈갯

까강

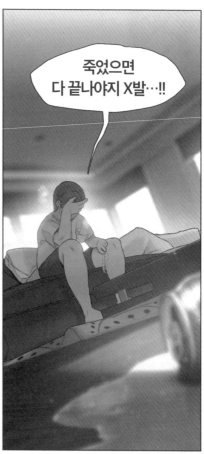

죽었으면
다 끝나야지 X발…!!

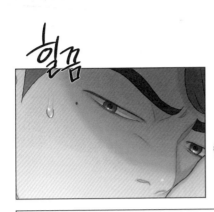

힐끔

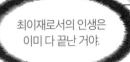

아니…
최이재는 죽었어.

최이재로서의 인생은
이미 다 끝난 거야.

터벅

멈칫

터벅

…어차피 이제 내가
최이재로 할 수 있는 건
아무것도 없어.

최이재는 그냥…

쓰레기로 살다가
그렇게 쓰레기로 죽었다.

그러니까…
다 잊자.

쓰레기답게.

자~
다 잔 들었지?

자!
일단 적셔~ 짠!

피곤했지만
잠이 오지도 않았고
눈을 감기도 무서웠다.

또 떠오를까 봐.

그래서 김구찬,
아니 김귀찮의 유X브 채널
영상들을 계속 보고 있었다.

방송할 때
어떻게 그렇게 오디오를
꽉꽉 채우냐고?

내 얼굴 봐봐.
어떻게 생겼냐.

자~ 일단
그건 기본이야.

방송하는 사람은
말하고 싶을 때만 말하면
망한다~ 이 말이야.

아무튼 나같이 생긴 애들은
술자리에서 관심을 조금이라도
받으려면 끊임없이
입을 털어줘야 해.

뭐?
개빡았다고?

(못 쓰는 얼굴.JPG.)

야이~씨!
말을 또 그렇게
심하게 하냐?

입을 다물고 있어도 되는
애들은 어떤 애들인 줄 알아?

당연히 잘생기고
키 큰 애들이지 뭐겠냐.

그런 애들이
입 꾹 다물고 있으면
오히려 걱정을 해준다고
사람들이.

술자리 끝날 때까지
말 걸어주는 애도 없고

못 생긴 게 분위기까지
망친다고 다음엔 부르지도
않는 거지~

그럼 나같이 생긴 놈이
말할 기분 아니라고
입 다물고 있으면
어떻게 되는 줄 알아?

그래서 살아남으려고
열심히 털어대다 보니
단련이 된 거야.
그러다 보니
오디오를 이렇게 채울 수
있게 된 거지~

aha : ㅠㅠㅠㅠㅠ엉엉ㅜㅜ
vk42 : ㅜㅜㅜㅜㅜㅜㅜ
8 : 😣😣😣백퍼 경험담
1 : 내 얘기인줄ㅠㅠ😣😣😣
m5 : ㅠㅠㅠㅠㅠㅠㅠㅠㅠㅠㅠ
0 : 아 슬퍼

뭐야,
니들 왜 우나? 울지 마!
슬픈 얘기 아니야!

하… 씨.
솔직히 좀 슬프긴 하네.

말을 잘하긴 하네…
재미도 있고…

하긴, 그러니 사람들이
그렇게 좋아하는 거겠지.

끼익-

하아…
나도 술이나 마실까…?

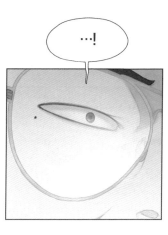

…!

술을 혼자 마시기
싫었던 건지

누구랑 얘기를 하고
싶었던 건지

아니면 뭐라도
하지 않으면 버티기 힘들 것
같았던 건지…

아무튼 나는
방송을 켰다.

● Live

방송 ON
gogolil : 켜졌다
mamago : 뭐야?
vpo09top : 갑자기 이 시간에 방송?
wwgrvb : 뭐야 술먹방이야?
fserviuy : 오늘 방송 쉬는 줄 알았더니
아니네?
nanub5 : 술먹방?
71hohaho : 형 무슨 일 있어?
mimi6kay: 뭐야 갑자기?

이게 지금
뭐하는 짓이지…

모니터에다 대고…
남의 말투까지 열심히
따라 하면서…

mho09 : 바로 치맥 주문한다
ungg3 : 한 잔 하자!
easam9 : 어차피 마시고 있었는데
잘됐다
angaji66: 냉장고에서 술 꺼내온다~

ng : 그래?
n : 기다려 나도 술 사옴
n : 뭔 일 있어?

g : 같이 해
7 : 힘내자!
an : 우리 형 무슨 일이래
00 : 기다려봐 술 가져온다
a4 : 같이 마시는게 더 좋지
oa : 오ㅋㅋ 기다렸어 형아!
ng: 귀찮형 요즘 힘듦?
98 : ㅜㅜ 그르지마라ㅠㅠ
01 : 기달 치킨 사러감ㅋㅋ
77 : 오랜만에 치맥이다
20x : 금주 깬다 기다려
an0 : 나도 같은거 시켜야지

g : 힘내!
i : 넘어진 건 괜찮아?
l : 허리 조심해
ne : 아싸 나도 오늘 치맥해야지

뭐지… 이 반응들은…?

기분…
나쁘지 않은데?

자!
일단 적셔~

짠!

ong : 간...
ma7 : 적셔!
mhan : 오늘 다같이 마시자!
9900 : 위하여!
jida4 : 기분 좋게 짠!
mijoa : 랜선 짠!
JJang : 마셔라 부워라!
un98 : 가자~~!!
K001 : 오예ㅋㅋㅋ
777...

모니터 너머에서
흘러들어오는 사람들의
호의가

많은 걸 잊게
만들어줄 수 있을 것
같았다.

내가 곧 죽을 거라는
사실마저도

이제곧
죽습니다

또다시 원수를 만나다

일주일 후

아,
갑자기 좀 어지럽네.

□ : 좀 쉬어~
□ : 형 요새 너무 달리긴 했어

77nanum : 그래 좀 자자
chodal03 : 눈 밑에 다크써클 생김
sangchu9 : 곧 팬더 될 듯

그런가…

Live

그럼 쉬고 와서
방송 또 켤게~

이따 봐~

28

게익~

08jisung : 잘자셩
hunder7 : 빠ㅇ~
goreawang : ㅂㅂ

wopice2 : 잘 자 형
amham2 : 찮바~
reamijoa : 다음에 봐 형
zang8989: 푹 쉬어

아…
해 뜰 때까지
했구나.

터벅

터벅

털썩

하아…
일단 좀 쉬자…

잠이 제대로
올지는 모르겠지만…
눈은 붙여 봐야지…

뭐야…
죽었어?

이렇게 갑자기?

……

예상보다
훨씬 빨리 왔네?

움찔

!

그렇게 바락바락
대들길래 이번엔 좀 오래
버티려나 했는데 말이야.

난 분명히
자려고 누웠다고.

그런데 내가
왜 갑자기 죽은 거지?

31

산에서 돌아와
직접 방송을 시도했던
그날 이후

다른 사람들에게
그런 무조건적인 호의를
받아본 것은
난생처음이었다.

이다ㅋㅋㅋ

03 : 너무 맞는 말이라 놀람

muna : 미친거같애ㅋㅋㅋ

3457 : ㅋㅋㅋㅋㅋㅋㅋㅋ

h44 : 계속 방송해줘ㅋㅋㅋ

crazy : 장난아니네 이 형

am55: 헉ㅋㅋㅋㅋㅋㅋㅋㅋ

a00 : 이 오빠 너무 좋아질라 해

430 : 넘 공감 된다 ㅋㅋㅋ

nhe4 : 쏩ㅋㅋㅋㅋㅋㅋㅋ

am43 : 형 팩폭 맞고 쓰러짐ㅠㅋㅋ

456 : 왜이리 정이 가지? ㅠㅠ

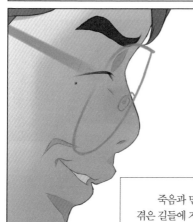

죽음과 만나면서
겪은 길들에 지친 이재에게
그보다 더 필요한 것은 없었다.

하지만

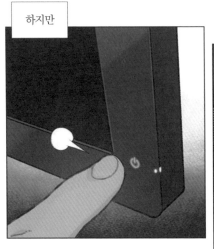

시청자들에게
느낀 위로가 클수록

방송을 끈 후의
외로움은 더 커졌다.

방송을 끄면
찾아오는 정적.

그것이 견딜 수 없이
힘들게 느껴졌다.

그 정적 속에 누워
눈을 감아도

마음을 괴롭게 하는
기억들만이 떠오를 뿐이었다.

그리고
그 기억들의
대부분은…

벌떡

그래서 최이재는
잠도 제대로 안 자면서
방송을 이어갔다.

마치…

…미친 것처럼
일주일에 8시간도 채
안 자고 방송을 했지.

정말 죽을 만큼
피곤했지만…

그때가 가장
마음이 편했어.

그럼 내가 직접 설명해주지.

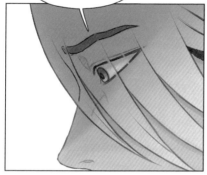

일단
극단적인 수면 부족과
그로 인한 피로 누적.

그리고 원래 그 몸 주인
김귀찮은 이미 몸이 많이
안 좋은 상태였다.

거기다
각종 심혈관계 질환과 비만,
영양소 불균형, 운동 부족
등등…

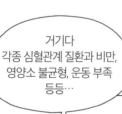

장기간 컴퓨터 앞에
앉아 일을 하면서도
자기관리를 게을리했거든.

뭔지 알겠지?

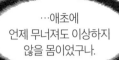

…애초에
언제 무너져도 이상하지
않을 몸이었구나.

하긴…
체력이 엄청
안 좋은 몸이긴 했지.

그래서
죽어버렸군…

뭐, 괜찮아.

이제
나한텐 계획이 있잖아?

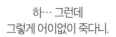

하… 그런데
그렇게 어이없이 죽다니.

하긴,
아무 생각이 없는 놈이니
그렇게 멍청하게
죽었겠지.

넌 대체
무슨 생각이냐?

……

생각이 없다고?

아니,
난 네가 생각지도 못할
생각을 가지고 있거든.

그런데…
이 새끼가 정말 내가 계획을
세웠다는 걸 모를까?

사인에 대해
자세히 아는 걸 보면,
알 수도 있지 않을까?

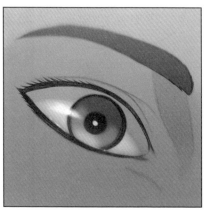

상관없다.

씨익

알아도 막을 수
없을 테니까.

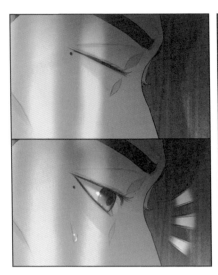

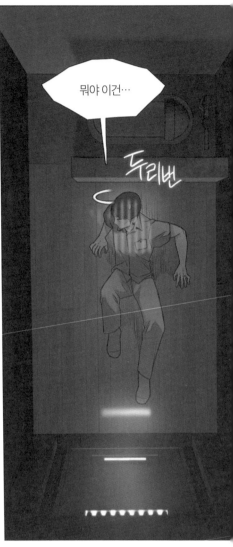

뭐야 이건…

두리번

교도소…
독방?!

하아…

크쿡

어이가 없네.

이젠 아주
감옥에 가둬놓는구나.

철컹

나와라.

씨X…

언제
나갈 수 있는 거야?

이렇게 바로?!

서…
석방입니까?

쪼숨

이 X끼가…
뭔 소리야.

당연히 원래
지내던 방으로 가는 거지.
꿈꿨나?

아…

제가 잠이
덜 깼나 봐요…

그렇지.
독방은 교도소 안에서
또 잘못했을 때
들어가는 거지.

저벅

저벅

보행중 잡담금지

원래
지내던 방이라면…

다른 죄수들이
있다는 거잖아?

X나 쫄린다…

어, 왔네.

어…

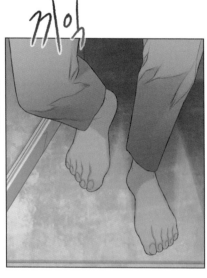

젠장,
정보 입력이 빨리
돼야 할 텐데.

쟤들이랑
어떤 관계인지를
모르겠잖아.

뭐야? 저거…

한…

한준성?!

벌써 나왔네?

성질 좀 죽이지…

그러게 왜
또 그놈이랑
싸워가지고…

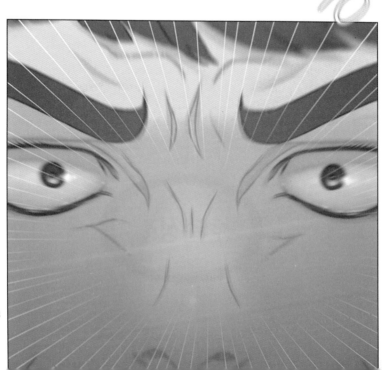

48

i will die soon

이제 곧 죽습니다

chapter _____ 25

죽이고 싶은 녀석

저거
말려야 하는 거
아니냐?

그게…
큰일 나겠는데…

55

정보 입력을
시작합니다.

조태상.
20세.
(당시 17세)

그의 아버지는
강인한 신체와 운동신경을
타고났었다.

그저 술 먹다 누구랑 시비가
붙었을 때나 그 강력한
힘을 발휘했다.

조 태 상

하지만
그는 그런 능력을
돈 버는 일에는
절대 쓰지 않았다.

조 태 상

어머니는 그런 게으르고
성질 더러운 아버지에게
시집와서 혼자 장사를 하며
집안을 건사했다.

조 태 상

그리고 태상은
그런 부모 밑에서
태어난 아들이었다.

저 씨X발놈…

조태상!!
죽어!!!

태상은
그런 아버지를
너무나 미워했다.

끝까지 어머니를
고생시키기만 하고,

아들에겐 아무런
정도 주지 않고 떠난
못난 아버지를.

아버지는 태상이 아직 어렸을 때,
또 술을 먹고 싸우고 다니다가
밤길에 발을 헛디뎌 허망하게
죽고 말았다.

하지만 아이러니하게도
태상은 자랄수록 아버지를
가장 많이 닮아갔다.

타고난 싸움 실력,
거기다 게으르고
험악한 성격까지.

붕신…

X밥이
싸워서 졌으면
알아서 기어야지
왜 또 덤벼.

짜증나게.

그렇게
타고난 피지컬과
싸움 실력 때문에

그렇게 태상도
자연스럽게 일진이
되었다.

중학교 1학년 때부터
일진들이 알아서 친구하자고 하며
태상에게 달라붙었다.

주위의 애들은
저마다의 욕망이 있어서
'일진'이 되는 걸
선택했다.

명예욕

금전욕

연애욕 등⋯

그러나 태상은
뭔가 욕심내는 것도
없었다.

그마저도 귀찮았다.

그런데
그런 게으른 놈이 나서서
하는 일이 딱 하나 있었다.

빠악

바로 싸우는 것.

만사를 귀찮아하던
태상은 싸워서 이기는 것만은
좋아했다.

쳐다보지마...

그렇게 다른 일진들과
계속 싸우고, 이기다 보니
어느새 '짱'이 되어 있었다.

그것도
한 번도 진 적 없는.

뭐야…

어디 어린놈에
쉐끼덜이…

터벅

터벅

GU

길거리에서
담배를 피고 있어?

엉?

······

아이 씨…

아저씨.
그냥 가쇼.

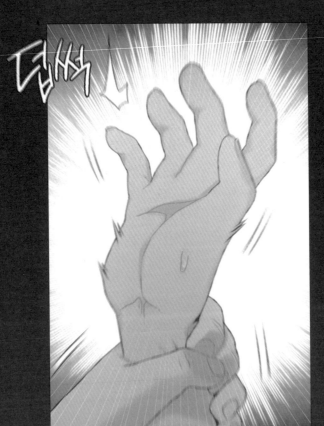

태···

태상아.

X발 진짜···
어른이면 뭐 어쩌라고

어른이면
나보다 싸움 잘해?

뭐, 뭐야 이놈

아니면
닥쳐!!

술 취한 그에게서 죽은 아버지의 그림자를 본 것인지

그, 그만해! 태상아!

이러다 너 큰일 나!

태상은 거의 죽일 기세로 그에게 주먹을 휘둘렀다.

씨X…

싸움도 X나 못 하는 게…

그동안 태상이 살아온 삶에선 싸움에서 이기면 이기는 것이었다.

그러나 법정에서
3년의 징역형을
선고받고

그렇게 들어온
교도소 안에서
3년의 시간이
흘러갔다.

양보는 미덕을 넣고 주먹은 후회를 낳을 뿐이다.

소년교도소에
들어오게 되고 나서야
태상은 깨달았다

지난 시간이 밝은 내일로 뻗나되라

양보는 미덕을 넣고 주먹은 후회를 낳을

어느새 스무 살이 되었고,
영원히 오지 않을 것 같았던
출소도 한 달이 채 남지 않았다.

패배자는
자신이라는 것을.

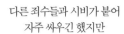

다른 죄수들과 시비가 붙어
자주 싸우긴 했지만

다 이길 수 있기 때문에
큰 어려움은 없었다.

얼마 전
같은 방에
새로운 죄수

한준성이
들어오기 전까진.

…정보 입력을 마칩니다.

또 쓰레기 같은 놈 몸에 들어왔군…

그나마 이번엔 젊고 건강한 몸이네.

그런데 한준성이 큰 어려움이라고…?

싸움도 그렇게 잘하는데

이런 X밥이 왜 어려움이지?

이제 그만… 할 거지?

끄으…

…알았어.

그만 할 게.

근데 아까
저놈이 나를 죽이면
어쩌려고 그러냐고
했지?

그게
무슨 말이야?

다 까먹었어?

저놈…

싸이코패스
살인자잖아.

싸이코패스…?

74

그래!
저놈 살인충동 때문에
사람 죽이고 온 거랬잖아.

아니면
죽여버린다고!

여기서도
막 살인하고 싶어서
손이 근질근질하다고
그러고…

소곤

소곤

아…

너한테는
출소도 얼마
안 남았는데

이 X발…

너 미쳤어?

곱게 나가고 싶으면
자기 건드리지 말라고
협박도 했잖아!

이런 놈을 보면
'늘 한결같고 변함없는'
이란 말은 사실

욕이 아닐까 하는
생각이 든다.

아니.
죽이고 싶어.

뭐…?

내가
죽이고 싶다고.

이번엔.

이제 곧
죽습니다

chapter_____26

넌 대체 누구냐?

속이 답답~하지?
여기서 앞으로 살아야
된다고 생각하니까.

아

참고로
난 좀 있으면
출소한다~

버텨~
지내다 보면
여기도 살만 해.

그런데 나이도
어린 것 같고…

속

딱 봐도
비실비실한 놈이
뭐로 들어왔어?

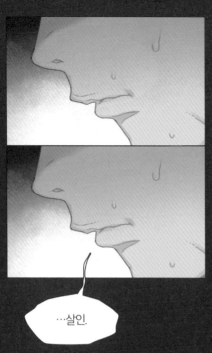

…!!

…살인.

어차피
내가 싸워서
이길 수 없는 놈들이다.

차라리…

태상의 반응을 본
그 순간

준성의 머리는 살면서
그 어느 순간보다
빠르게 돌아가기 시작했다.

내가 저놈들한테
건드리기 싫은 존재가
되는 게 살길이야!

다행히도
약자인 걸 숨기고

강한 포식자로
의태(擬態)하는 것은

뭐… 남들이 나보고
사이코패스니 뭐니
하던데…

아무튼 내가
원래부터 사람을
죽여보고 싶었거든.

제대로 된 재능 하나 없는
한준성의 유일한
특기였다.

그래서 죽였지.

그런데 한번 해보니까
더 경험해보고 싶어졌어.

······

끌떡

파르르

아쉽게도 그 전에
여기 들어오게 됐지만.

이제 곧
출소한다고 했지?

나는 징역도
10년 넘게 남았고

어차피
이제 다 망한 인생이라
겁날 것도 없거든?

그러니까
조용히 지내자.

내 다음번 경험이
되고 싶은 게 아니면.

됐어…!

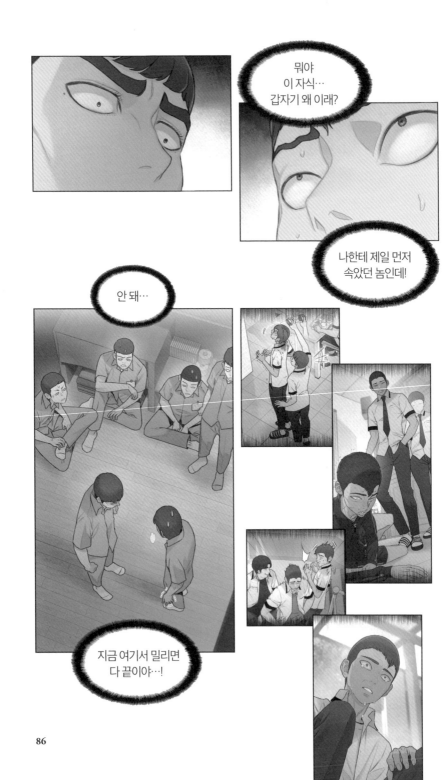

…또 그렇게 될 순 없어!

내가 살인으로 들어온 거 까먹었어?

안 그래도 근질근질했는데

진짜 죽여줄까?

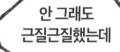

엉!?

죽여 봐!

너, 친한 형 빽으로
일진 행세할 때

찐X라고 괴롭히던
같은 반 애한테

역으로 완전 처발려서
결국 다른 일진들한테
버림받았지?

뭐…?

그렇게 개찐X 되고
괴롭혔던 애 찾아가서

찌질거리다 완전
무시당했잖아?

그러다 걔를 뒤에서
벽돌로 때려서 죽였지.

끝까지
치사하게 말이야.

그러면서 무슨 광기에 찬
사이코 킬러인 척해?

이게 어디서 그런 되도 않는 컨셉을 잡고 센 척을 하고 있어!

컨셉…?

저게 무슨 소리야?

네가 그걸 어떻게…??

어떻게 알았냐고?

바가지머리에
눈이 동그랗고

몸매가 통통한
남학생이…

그게…
꿈에 누가 나와서
말해주던데?

그… 그…
그게 무슨…?

사람을 죽이는 죄를 지었으면 반성을 하고 살아.

그걸 무기처럼 휘두르지 말고

다들 봤지?

그런 놈이니까 이제 속지 마.

움찔

이 새X가
감히 우릴 속여?

넌 이제 뒤졌다.

자… 잠깐…

야! 밟아!!

아아아악!!

출소가 얼마
안 남았다고…

야!
나 출소
얼마나 남았지?

뭐?
어떻게 그걸
까먹어?

이제 15일 남았잖아!

아…
그렇구나.

하던 거 마저 해.

15일…

정말
얼마 안 남았군.

지금까지의 흐름상으로
출소를 못 하고 죽을 확률이
높을 것 같은데…

하지만
반대로 생각하면

출소 때까지만 버티면
살 수 있을 확률이
상당히 높다는 얘기다.

흠…
과연 이 안에서 뭐가
내 목숨의 위협인 걸까…

후우..

후우..

…일단 저건
확실히 아니겠군.

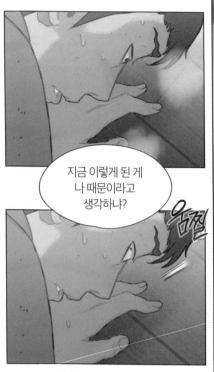

지금 이렇게 된 게
나 때문이라고
생각하냐?

맞아,
네가 그렇게 된 건
다 나 때문이야.

근데 내가 그런 건,
다 너 때문이야.
알아들어?

96

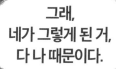

그래,
네가 그렇게 된 거,
다 나 때문이다.

그거 다
너 때문이야.

알아들어?
어!?

근데
내가 왜 그랬는지
알아?

알아들었을 리가 없지.

병X같은 X끼.

대체 뭐냐고!!

이제곧
죽습니다
chapter_____27
꽤 괜찮은 몸

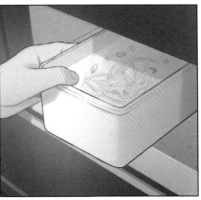

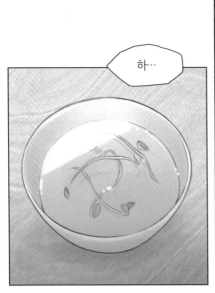

하…

에휴…
깜빵에서 뭘 바라냐…

쩝
쩝

우적 우적

돼, 됐어…

…요

야!
한준성!

움찔

넌 밥 안 먹냐?

103

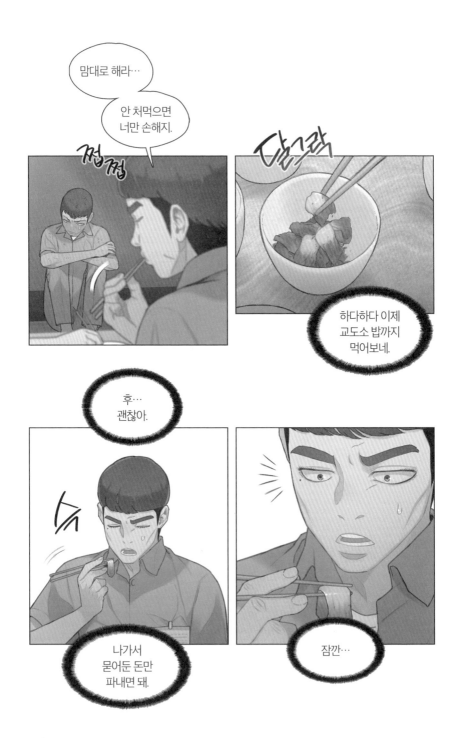

분명 어리고
젊은 몸이긴 하지만…

여기서 나가면
전과자잖아?

굳이
전과자인 이 몸으로
그 돈을 찾아내야 할까?

아니야.

괜히 다음번
총알을 기다렸다가
이것보다 더 나쁜 상황에
걸릴지도 몰라.

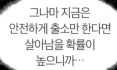

그나마 지금은
안전하게 출소만 한다면
살아남을 확률이
높으니까…

운동 시간

빨리 준비한 계획을
진행하는 게 낫겠어.

보름 후
출소라고 했지…

대체 이 안에서 뭐가
목숨에 위협이 되려나…

그때까지
버틸 수 있을까?

응?

뭐야
저놈은…?

정보 입력을 시작합니다.

최철민.

철민이 먼저
시비를 걸었지만

조태상이
독방에 들어갔던 이유.

오히려 일방적으로
태상에게 두들겨 맞고
패배.

그 후
철민은 태상이
독방에서 풀려나기만을
기다리고 있었다.

복수를 위해서.

아…

그럼 설마
저놈이 내 목숨의
위협이 될 놈인가?

뭐,
위협적인 눈빛이긴 한데…

어차피 싸워서
이긴 놈이라니까
별로…

저벅

저벅

이러면 좀…

어…

얘기가 다른데.

어…
난 별로
할 얘기 없는데.

잘 쉬다 왔냐?

그때 하던
얘기 마저 좀 해볼까?

내가 있으니까
닥치고 따라 와.

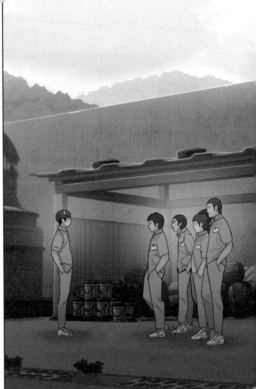

너 이제
곧 출소한다며?

축하한다.

아… 뭐
고맙다.

그럼
축하받았으니까
이만 가볼…

그런데…

그래놓고 네가
그렇게 나가버리면

여기 남은
나는 열받아서
못살지.

안 그러냐
얘들아?

이런 씨…

설마…
여기서 죽진 않겠지?

죽어!!!

타악

이런… 씨…

뭐야 이거…

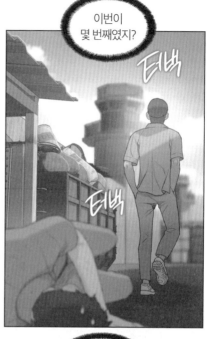

이번이
몇 번째였지?

앞으로
남은 횟수 안에

이 몸이다.

이 몸으로
그 돈을 찾아내서

안전한 곳에
숨으면 확실히
살아남을 수 있어.

이 정도로 강하고
젊은 신체가 걸릴 확률은
그리 높지 않을 거다.

그것도 아주
건강하게!

N아아..

…이면 돼.

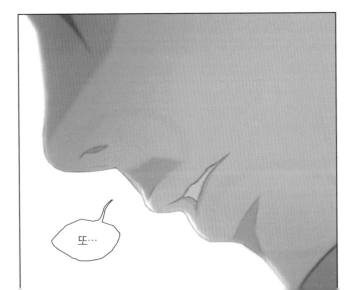

또…

파르르

죽이면 돼.

이제곧
죽습니다

chapter_____28

달라진 눈빛

내가 감옥에 들어온 지…

아니, 정확히는
감옥에 있던 이 몸에
들어온 지도 3일이 지났다.

이제
12일 남은 건가?

하아…

군대 이후로
이렇게 애타게 날짜를
셀 줄은 몰랐네.

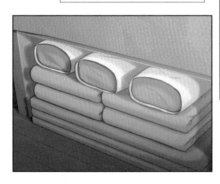

야!
넌 어떻게 이부자리
하나도 제대로
못 개냐?

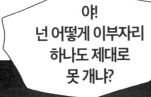

어린애라서
집에선 엄마가
다 해줬어?

여긴 너 대신
해줄 사람 없으니까
똑바로 해라!

엉!?

123

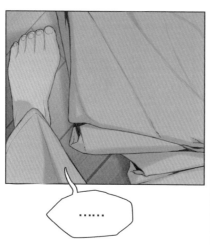

......

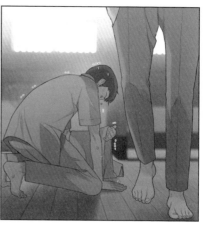

뭘 가만히 서 있어?

빨리 하라고!

크큭,
좀 심한 거
아니냐?

뭐가 심해.
저놈이 먼저 우리한테
구라쳤잖아.

반말 찍찍 하면서
X나 센척하고.

죄를 지었으면
벌을 받아야지.

…저런 말을 죄수복 입고
교도소 안에서 하니
설득력이 엄청나구먼.

…!

유정

유정

유정

유정

아까 그 눈빛은…

분명히…

처음에 미친 '척'했던
눈빛하곤 달랐어.

전에도 본 적 있는
눈빛이야.

설마…

…아니겠지.

소년교도소.

그런데 나는
교도소에선 단순 노동만
시키는 줄 알았는데

앞에 소년이 붙었지만
일반 교도소와 크게 다른 건
없어보였다.

이곳은 제과제빵같은
기술 교육이나

밴드부 같은
문화예술반 등

나름 여러 가지
교화 프로그램을
운영하고 있다.

그리고 나같이
곧 출소를 하는 재소자들을
위한 프로그램도 있었다.

출소 예정자를 위한
사회적응 교육이라…

근데 난 사실
며칠 전까지 계속
사회에 있었는데…

자 여러분.

이제 사회로 나가면
가장 먼저 뭘 해야 할까요?

뭐 여기서
못 먹었던 거 먹고~
못 놀았던 거 놀고~

그런 생각들 많이
하고 있죠?

출소예정자를 한 사회적

◆특별 초청: 이다○   ◆장소: 구천시 소

직업을
찾아야 합니다.

자, 그럼 그거
다 하고 난 다음엔?

사람이 사람답게
살기 위해선

내가 해야 할 일을
찾아야 한다는 말이죠.

사람이 사람답게 살려면
내가 해야 할 일을
찾아야 한다고?

[Web발신]
귀하께서는 저희 HC그룹 면접에서
최종 불합격하셨습니다.

당사에 지원해주셔서 진심으로
감사합니다.

131

…하긴

나도 결국 원하는
직업을 못 가져서
이렇게 된 건가.

물론 먹고살 돈이
필요하기도 하죠.

왜, 어른들이
그런 말씀하시잖아요?

땅을 파봐라

돈이 나오나…

…그런데 어쩌지

난 나가면 땅 파서
돈을 찾을 계획인데.

자고 일어나면
11일 남는 건가?

그때도 감옥 같았는데

하, 진짜 무슨
말년병장 때
말출 기다리던 것 같네.

여긴 진짜 감옥이야…

에이,
잡생각 그만하고
빨리 자자.

그래야
시간이 빨리 가지.

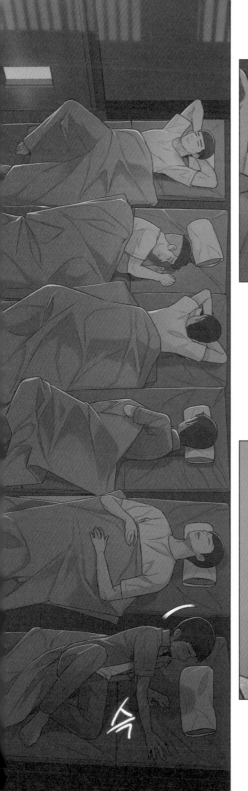

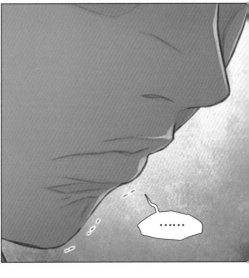

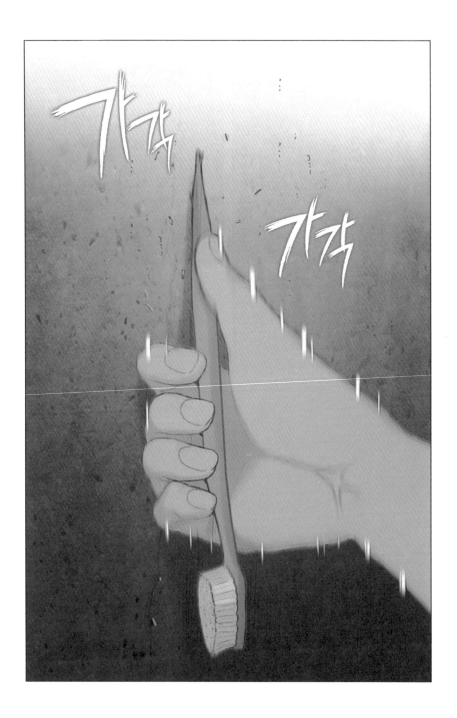

거의 다 됐어…

중얼

뭐가?

움찔

!!?

너 지금 뭐하냐?

그거 뭐야?

파르르

으으...

으아아아!!!

콰악

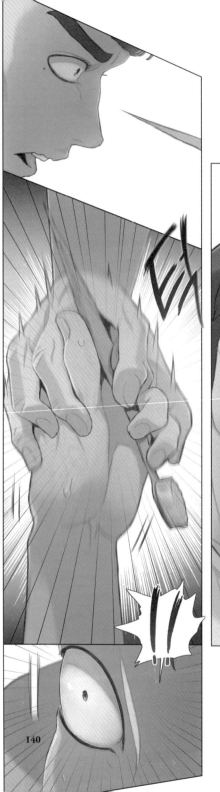

역시…

주룩

내가 본 그
눈깔이 맞았네.
맞았어.

내가···

빠득

너한테
또
죽을것같아!?

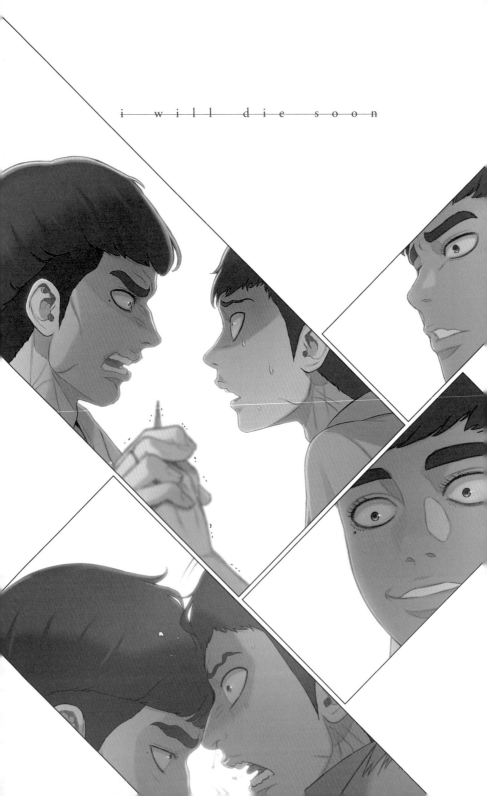

이제곧 죽습니다

chapter_____29

지리다

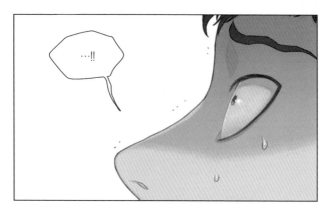

…!!

또…?

'또'라니…?

지금
대체 무슨 소리를
하는 거야…?

……

그럼 내가 널 전에도
죽였었단 거야 뭐야?

어?

대답해!!

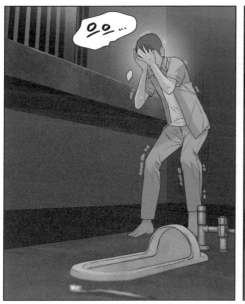
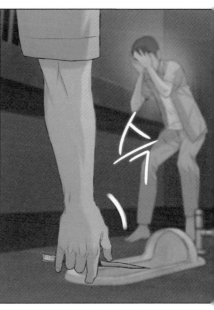

어차피!!

어차피 여기서
X밥으로 찍히면
다 끝이야. 끝이라고!!

난 너처럼
여기서 2, 3년만 있을 게
아니란 말이야!

끄윽…

그래,
원래부터 저놈은
생각이 좁은 놈이었어.

이게 어디서
눈을 부라려?

뒤질래?

학교에서 무시당하게
됐다는 이유만으로

살인까지
저지른 놈이잖아.

나도 학창 시절엔
학교가 전부라고
생각했다.

대학생 땐 대학교가…

하지만
대학교를 졸업하고

더 이상 학생이
아닌 다음에야
알았다.

학교는 우주의 전부가
아니라는 것을.

동기들 사이의 평판이
뭐라고 그렇게
전전긍긍했을까.

한두 학번 위 선배들이
뭐가 대단하다고 그렇게
어려워했을까.

이제 와서 생각하면 그냥
다들 아직 어린애였는데.

심지어 우주의 신들처럼
보였던 교수들조차,
학교를 나와서 보니…

그냥 먹고사느라
자기 일 하는
사람들이었을 뿐이었다.

아무튼, 그래서
이놈한텐 지금 이 감옥 안이
우주의 전부인 거겠지.

그런데…

아무리 그래도 사람을
또 죽이려고 들어?

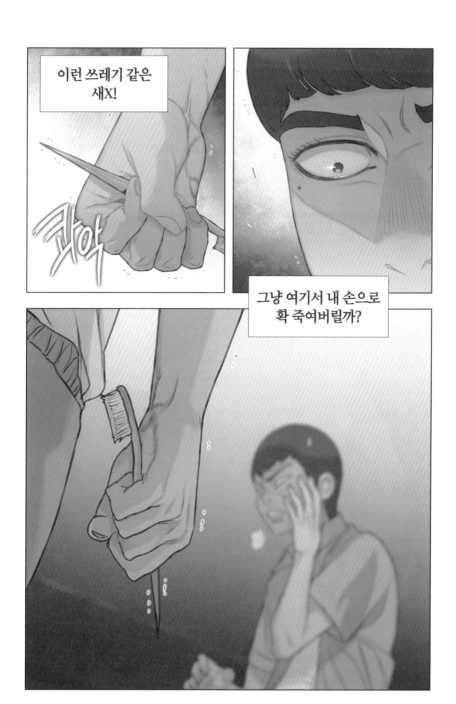

153

그래도 이런 놈을
그냥 놔두는 것도

너무
열받는데…

그 순간

이재의 머릿속에
이상한 생각이 지나갔다.

야.

싸대기 맞으니까
아프냐?

백현수한테
맞았을 때보다
더 아파?

156

네가 그 이름을
어떻게 알…?

하지만 이렇게
정신이 나약해진 녀석에겐

해볼만 한 장난이다.

나야.
권혁진.

움찔

네가 죽었잖아?

그게 지금
무슨 말도 안 되는
소리야?

내가 뭘 더 말해야
내가 권혁진이라는 걸
믿을까?

내가 널 의자로
두들겨 패고

급식실에서 머리에
국을 부었던 거?

그렇게 당하고
이성협한테 가서
일러바쳤던 거?

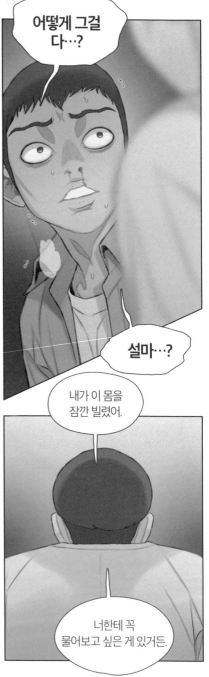

어떻게 그걸
다…?

설마…?

내가 이 몸을
잠깐 빌렸어.

너한테 꼭
물어보고 싶은 게 있거든.

아니면
네가 좋아하던
박민지가

결국 이성협 친구랑
사귀게 된 거라도
말할까?

어떻게…

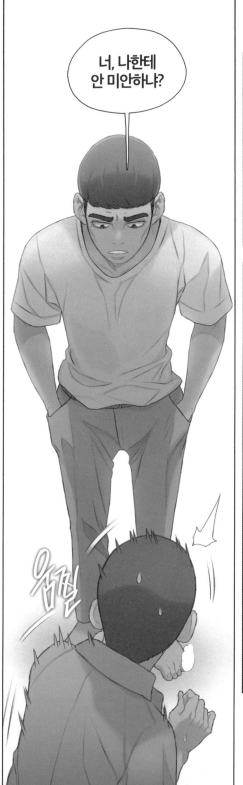

163

165

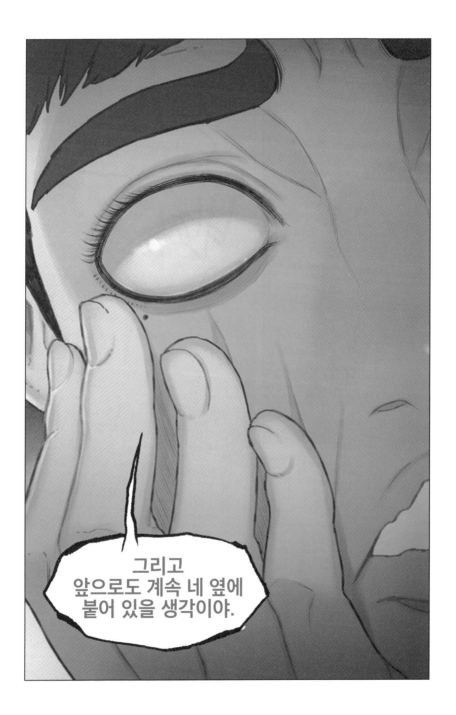

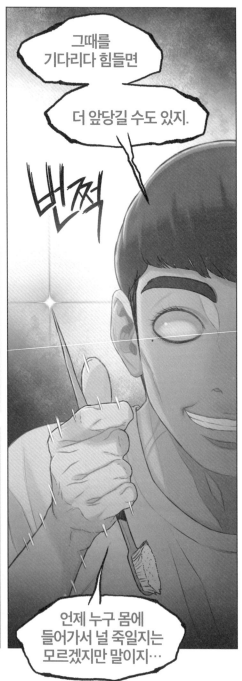

나의
귀신 들린 연기에⋯

⋯한준성은
(말 그대로) 지려버렸다.

이제 곧
죽습니다

chapter_____30

방심하다

대엉~

두리빈

두리빈

나의
장난질 이후로

한준성은
제정신이 아닌 것처럼
보였다.

흠칫

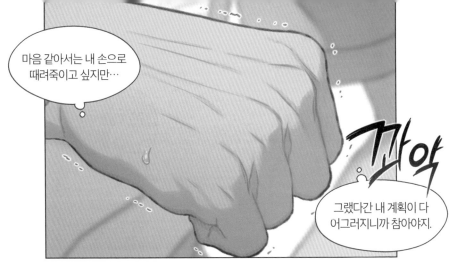

마음 같아서는 내 손으로 때려죽이고 싶지만…

까악

그랬다간 내 계획이 다 어그러지니까 참아야지.

그리고 내 손에 죽는 것보단

덜 덜

이 감옥에 갇혀서 청춘을 다 날리는 게 더 괴로울 거야.

그리고 자기 스스로 망친 인생을

죽지도 못하고 살면서 계속 후회하겠지.

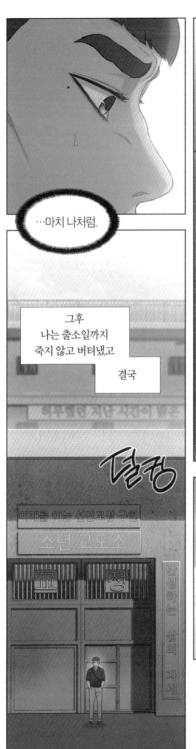

…마치 나처럼.

그후
나는 출소일까지
죽지 않고 버텨냈고

결국

철컹

출소했다.

뭐…

아무도 안 왔나.

횡~

하긴, 학생 때 사람 패서
교도소까지 들어온
망나니 같은 놈이니…

미래를 여는 선진교정 구현

소년 교도소

가족들이 학을
뗐을 수도 있지.

상관없다.

아니 차라리
편하게 됐다.

바로 돈을 찾으러
가면 되니까.

가방을 뒤져보니 다행히
돈이 든 지갑이 있었다.

교통비와 밥값으로
쓰기에 충분한 액수였다.

그리고 가방엔
지갑과 함께 핸드폰도
들어 있었다.

혹시나 해서 편의점에서
보조배터리를 사서 켜봤다.

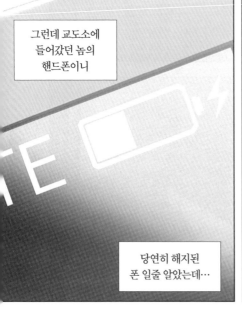

그런데 교도소에
들어갔던 놈의
핸드폰이니

당연히 해지된
폰 일줄 알았는데…

애초에 해지를
안 시킨 건가?

아니면 정지시켜 놨다가
출소에 맞춰서 다시
개통했나?

178

어느 쪽이든
가족이 이 녀석에 대해
마음을 썼다는 얘긴데…

그럼 왜 출소 날에
아무도 안 온 거지?

에휴,
모르겠다.

무슨
상관이야?

내가 이놈 가족하고
같이 살 것도 아닌데…

179

바람 좋네…

갇혀 있다가
나오니 좋긴 좋다.

그 순간,
돈을 찾으러 가기 전에
꼭 해야 할 일이 생각났다.

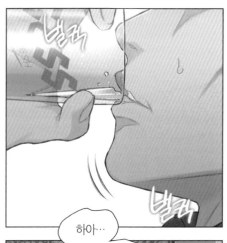

하아…

맛있었다…

교도소 안에서 끝까지 꽤 긴장하고 있었는데

생각보다 별 일 없이 지나갔다.

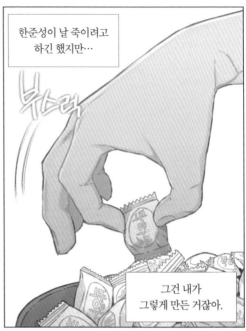

한준성이 날 죽이려고 하긴 했지만…

부스럭

그건 내가 그렇게 만든 거잖아.

설마…

죽음의 이유가 교도소 안에 있는 게 아니었나?

따랑

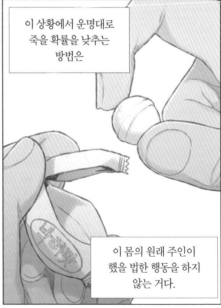

이 상황에서 운명대로 죽을 확률을 낮추는 방법은

이 몸의 원래 주인이 했을 법한 행동을 하지 않는 거다.

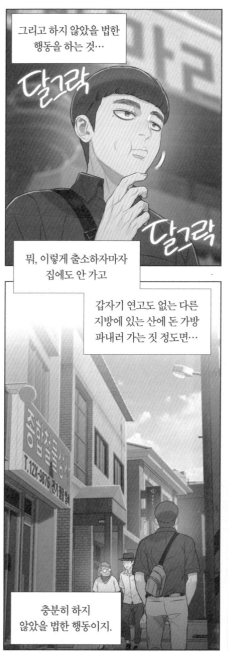

그리고 하지 않았을 법한
행동을 하는 것…

달그락

달그락

뭐, 이렇게 출소하자마자
집에도 안 가고

갑자기 연고도 없는 다른
지방에 있는 산에 돈 가방
파내러 가는 짓 정도면…

충분히 하지
않았을 법한 행동이지.

콰드득

그럼…
가볼까.

터벅

터벅

터벅

하아..

밥 먹고 오길
잘했다…

그래도 그 몸으로
왔을 때 보단 훨씬 낫네.

헉

거의 다
와가는 거 같은데…

헉

여기서
뭐 하나?

움찔

!?

어… 그게…

뭐야, 이 아저씨.

그때 그
아저씨잖아?

어떻게 산에
올 때마다 있지?

산신령이야
뭐야…

우, 운동 삼아
등산하러 올라왔어요.

그런데 생각보다
산길이 힘드네요…

등산?

여긴 사람도
잘 안 다니는
산인데?

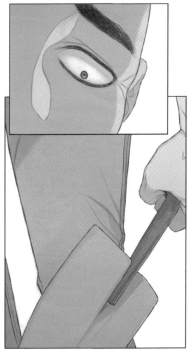

게다가 그
삽은 또 뭐야.

줘봐.

슥

아, 예···

이제 곧 죽습니다

chapter_____31

어디서, 어떻게
올지 모르는 그런 것

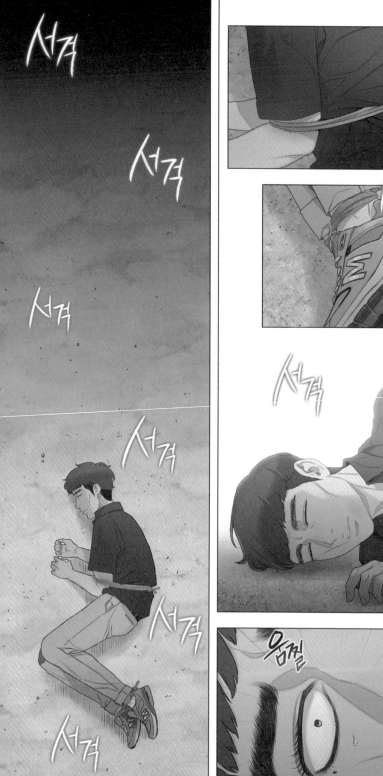

네가 이 집에 온 첫 손님이야.

영광으로 생각해.

당신… 지금 뭐하는 거야?

잘 생각해봐.

서격

서격

내가 이걸로 뭘 할 것 같나.

분명히 죽는 것에서 멀어지려고 온 곳인데…

왜 또 죽을 것 같은 상황이 된 거야?

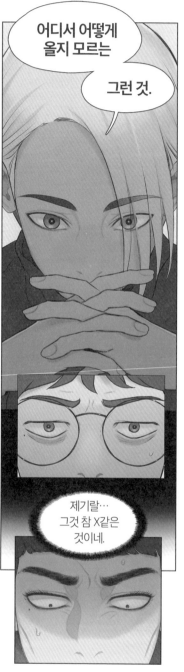

그때 그 놈은

진짜 기똥차게 묶었는데…

아무튼 이거

눈치 못 채게 신발이랑 양말까지 다 벗고

툭

툭

MD

M

잘 움직이면 어떻게 풀 수 있을 것 같은데?

일단… 들키지 않으려면

서걱

서걱

최대한 자연스럽게 계속 대화를 이어가야 한다.

당신 갑자기 왜 이러는 거야 나한테?

내가 뭘 잘못했다고?

내가 왜 여기 들어와서
사는 줄 알아?

이 산엔 사람이
참 없거든.

그런데 사람이 없어서 들어온 산에

갑자기 이런 시골구석에 올 리가 없는 젊은 놈들이

그것도 한 달도 안 돼서 둘이나

네가 생각해도 등신이 아닌 이상

뭔가 수상하다고 생각하지 않겠어?

끼익

꼭 그 근처에서만 돌아다닌다…

.....

그리고 네가
눈알 굴리는 거
다 봤거든.

이거
쳐다보는 거.

비싼 시계 찼네? 하는
그런 눈이 아니었어.

어디 귀신이라도
본 눈이었지.

당신이 그
가방 파냈지?

그날 묻는 걸
본 건가?

역시, 그거
찾으러 온 놈 맞네.

내가 봤든

뒤져서 찾아낸 거든
그게 무슨 상관이야..

중요한 건 내가
그걸 파냈다는 거야.

더 중요한 건
네 놈이 그걸 찾으러
왔다는 거고.

틱

근데 물으러 온 놈은
어디 가고 네가 왔나?

제일
중요한 건

나는 그걸 돌려줄
생각이 없다는 거지.

두리번

뚱뚱하고 영 부실해
보이는 놈이었는데.

그것도 나였다.
이 자식아.

이러다
들킬 것 같아…

저 상태로
돌아보기만 해도
무조건 들킬 텐데…!

젠장…
거의 다 돼가긴
하는데…

아, 여기 있네.

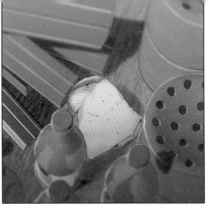

니들 불법 토사장 뭐 이런 거지?

뭐가 됐든…

현금을 뭉텅이로 들고 다니는 놈 중에 정상은 없어.

그것도 그렇게 큰돈을 말이야.

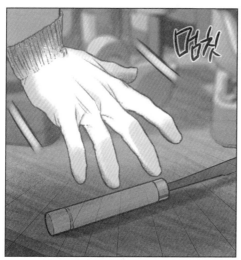

멈춧

말하고 나니 정말
의문이 들었다.

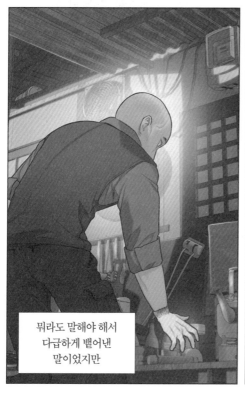

뭐라도 말해야 해서
다급하게 뱉어낸
말이었지만

그러게? 그 돈을
찾아냈는데 왜 이런 집에
계속 있는 거야?

그 돈이면 서울에 아파트도 살 수 있을 정도의 액수잖아?

일부러 돈을 안 쓴 건가?

아니면 쓰고 싶은 곳이 없는 거야?

쓰고 싶은 곳이라…

그건…

!!

214

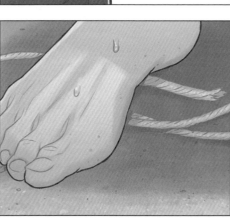

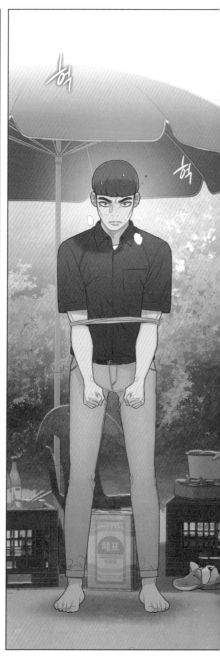

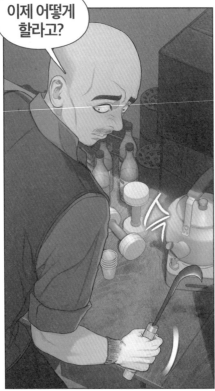

젠장…
저 말이 맞다.

이대로 등을
보이고 도망쳐 봤자
답이 없어.

그런데 맞서
싸우려고 해도…

콰악…

이 상태로는
가망이 없다.

정말 그럴까?

아니, 잠깐…

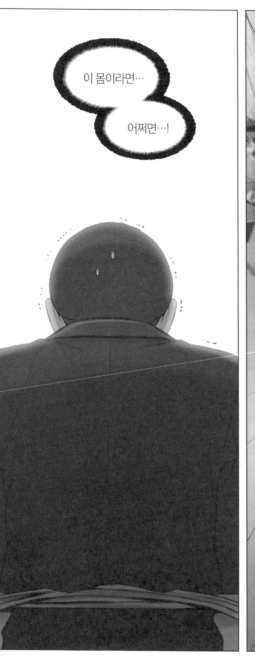

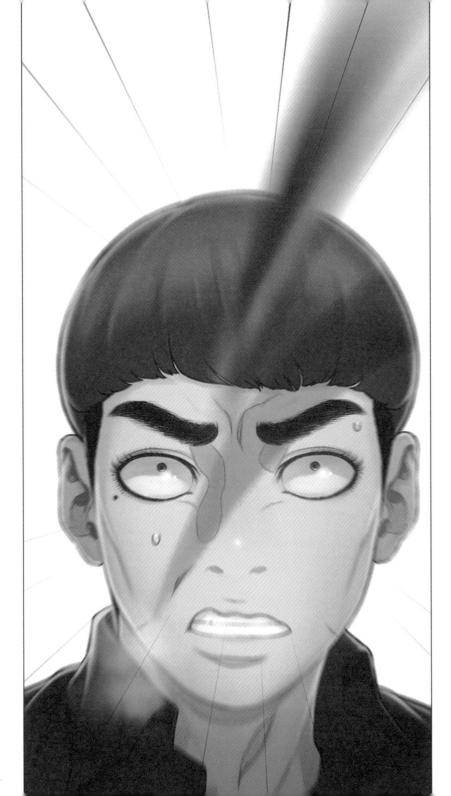

i will die soon

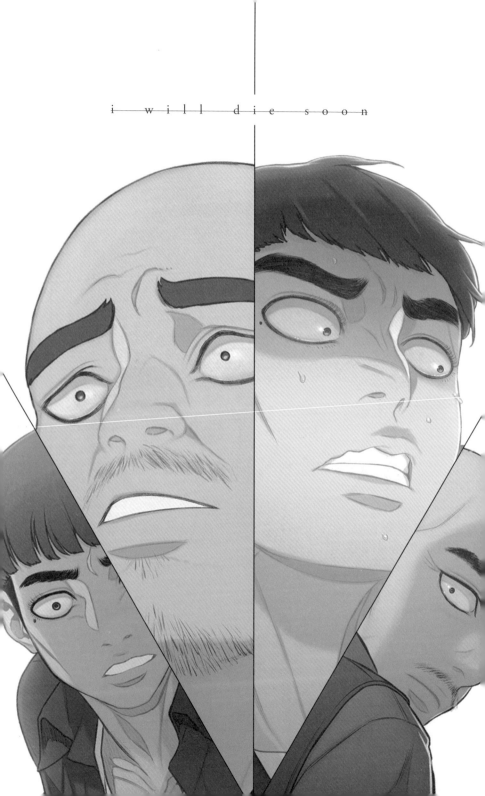

이제곧
죽습니다

chapter_____ 32

그냥은 못 보낸다

이…

콰악

이놈이!!!

팟

그럼…

이것도 되려나?

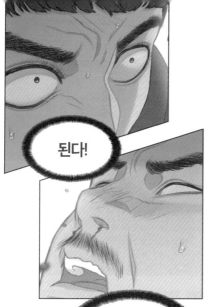

된다!

…그럼
더 해볼까?

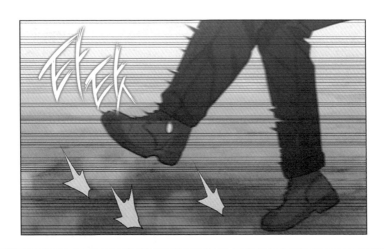

또 됐다!

털썩

끄윽…

이런
개 같은 놈이…

…!!

어이, 다 했어?

그럼
이제 내가 한다.

그래서

가방은
어디 있어?

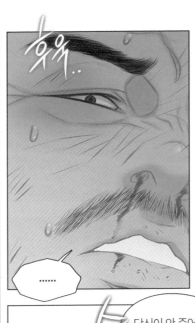

......

당신이 안 죽어봐서
모르나 본데…

죽는 것보단

그 돈을 내놓는 게
훨씬 나을 거야.

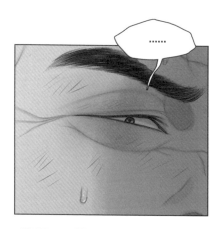

......

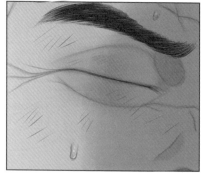

저기

방 안에 있어.

정말 돈가방은 그냥
방 안에 덩그러니
놓여 있었다.

어차피 여긴
산 속이라 아무도
안 온다. 이건가?

아무리 그래도

이 큰돈을
숨겨놓지도 않다니…

시계도 벗어.

……

맛탱이가
완전히 갔군…

터벅

터벅

터벅

터벅

터벅

힐끔

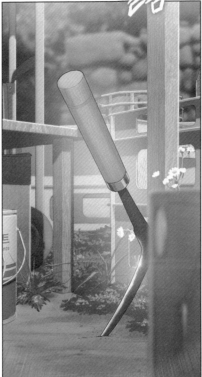

그나저나
그렇게 발광을 하더니
의외로 순순히 보내주네.

맞아서 그런가?

아니면…

잠깐, 설마?

파악

뭐야…
있잖아?

그것도 넣은 돈
그대로 있는 것 같은데?

지익ㅡ

진짜 뭐 한 거지
저놈?

돈을 쓸 생각이
없는 건가?

그럼 대체 왜 사람까지
죽일 생각으로 가방을
지키려고 한 거야?

에휴 씨…
뭔 상관이냐.

이런 산에
들어와 사는 것만 봐도
정상 아닌 놈인데…

터벅

터벅

역시 그냥은
못 보내겠다!!

그렇게 맞고
또 덤빈다고?

247

이제곧
죽습니다

chapter_____33

사는 게 겁나서 죽는 거다

가방 내놔!!!

뭐, 뭐야 저놈?

그래, 그렇게 갖고 싶으면…!

받아라!!

250

달래서 줬는데
왜 받지를 않아?

일단…
아까도 속았으니
대비는 해야지.

전이랑 상황이
완전 반대네.

그땐 내가
굴렀었는데.

하아…

X신같이 살다가
X신같이도 죽네…

이리 어이없이…

아니 뭐

그것보다 더
어이없이 죽는 경우도
많긴 한데…

아무튼, 내가 당신한테 궁금한 것들이 있었거든?

어차피 이렇게 된 김에 좀 물어봅시다.

이 꼴을 보고도 그렇게 덤덤한 걸 보니

역시 정상인 놈은 아니군.

아니 뭐… 그게 거기 안 꽂혔으면

굼적

내 목에 꽂혀 있었을 테니 슬퍼하기도 좀 그렇고

식겁하기엔 내가 더 끔찍한 것도 많이 겪었거든.

나랑 아내.
그리고 아들, 딸.

네 가족이 살기에
넉넉한 아파트에

폼 나게
대형 세단도 몰았지.

말 그대로
남부럽지 않게
살았다.

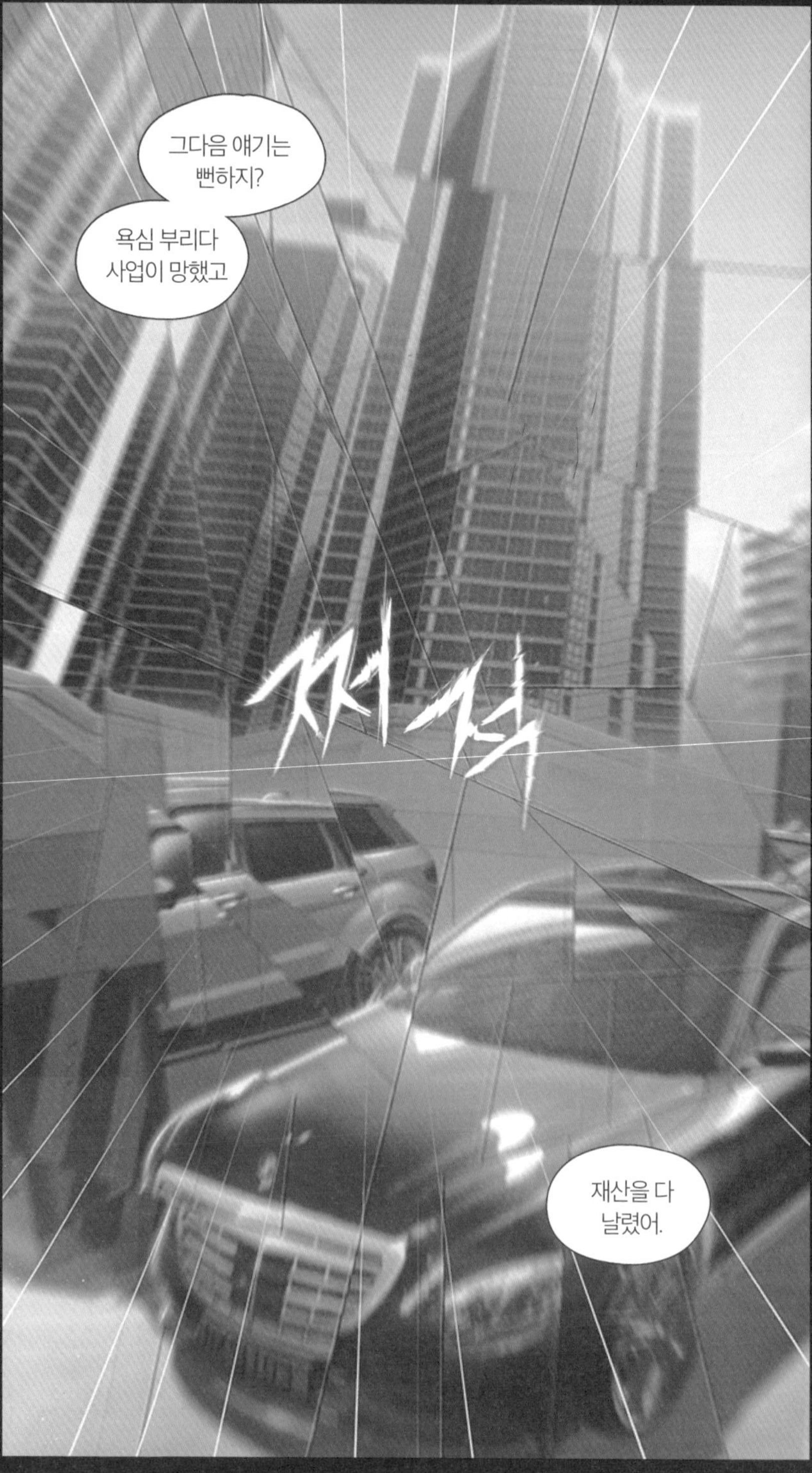
그다음 얘기는 뻔하지?
욕심 부리다 사업이 망했고
쩌억
재산을 다 날렸어.

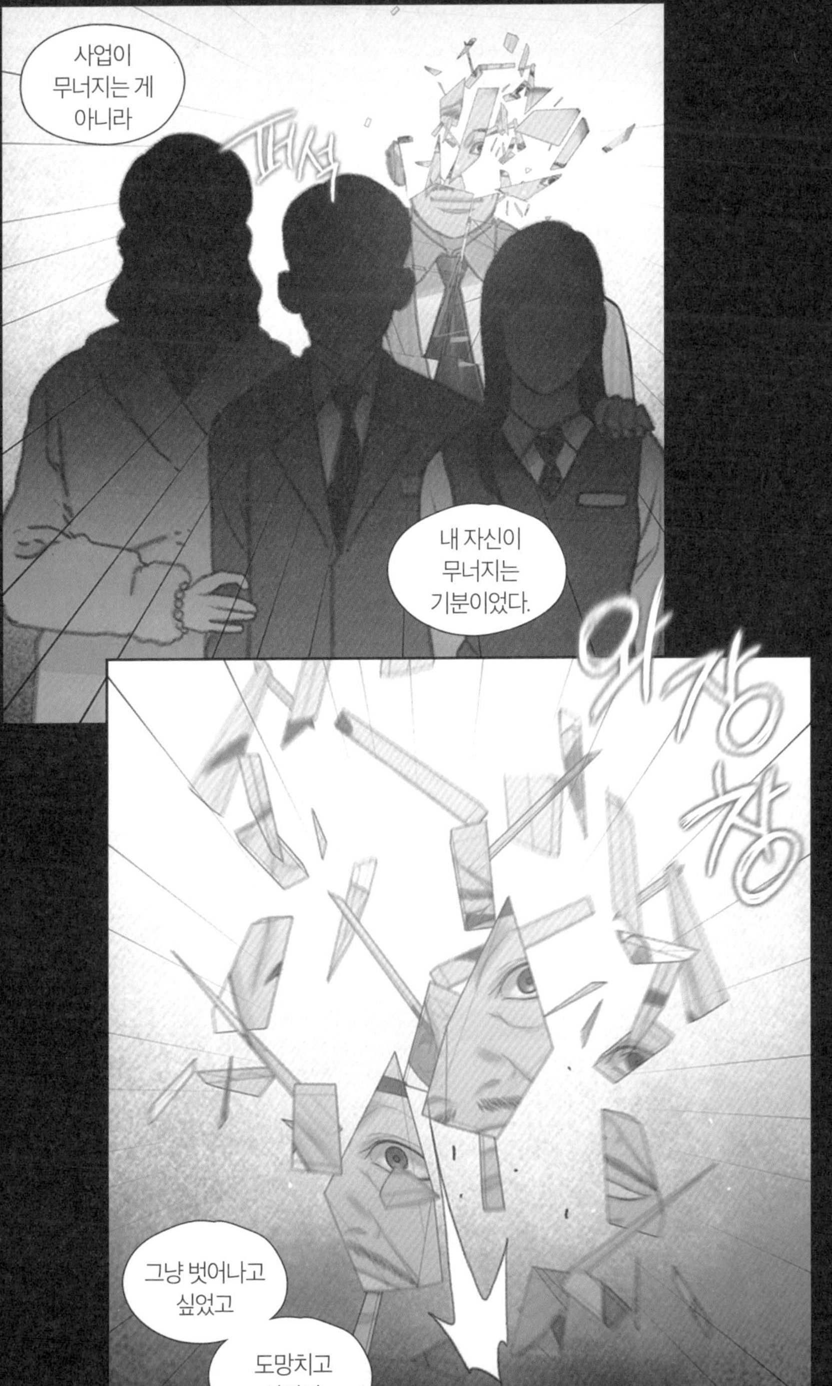
사업이 무너지는 게 아니라
퍼석
내 자신이 무너지는 기분이었다.
와장창
그냥 벗어나고 싶었고
도망치고 싶었지.

게임하다가 질 것 같으면 갑자기 던지고 일부러 지는 척하는…
뭐 그런 심리인가…?
가족들이 붙잡았지만 다 뒤로하고 떠났어.
어차피 실패한 나는 가족들에게 필요 없는 존재일 거라고 생각했으니까.

그리고 그 가방을 찾았을 때.

드디어 내가 다시 가족들에게 필요한 존재가 됐다고 생각했어.

그래서 그 돈을 앞세워서 가족들을 다시 만났다.

10년 만에.

내가 말했지.

다시 예전처럼, 그러니까 내가 가장 잘나가던 때처럼.

그렇게 살 수 있게 됐다고. 이 돈이라면 그럴 수 있을 거라고

하지만 가족들은 다
필요 없다고 했다.

아니, 가족들은
내가 필요 없다고 했다.

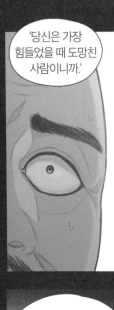

'당신은 가장 힘들었을 때 도망친 사람이니까.'

'어쩌면 당신이 도망쳤기 때문에 가장 힘든 때가 온 것일지도 모른다.'

…가족들은 그렇게 말했다.

가족들은 가장이었던 내가 떠난 자리를 열심히 메워 놨다.

전업주부였던 아내가 돈을 벌어 자식들 뒷바라지를 다했고

자식들도 그런 엄마를 덜 고생시키려고

졸업하자마자 일자리를 찾아 자기 앞가림을 하게 되었다.

그렇게 각자 자기 삶에
책임을 지며 살다 보니

깨달았단다.

그때 도망친 아버지가
얼마나 못난 인간이었는지.

그리고 그런 인간이

인생에서 얼마나
필요 없는지.

그것까지 없으면…
정말 아무것도 없는
놈이 되니까.

차라리 잘됐어…

이런 꼴로도…

죽을 용기도 없어서
살고 있었는데…

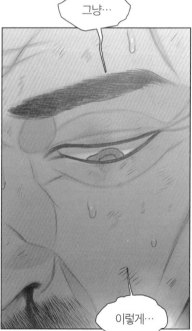

그냥…

이렇게…

착각을 많이 하시네.

죽을 용기가 있어서
죽는 게 아니라···

사는 게 겁나서
죽는 건데 말이야.

그리고
이번에는…

죽음 그
X끼 때문에

열받아서 한번
살아보려고
하는 거고.

이제 곧 죽습니다 3

초판 1쇄 발행 2024년 2월 5일

글 | 이원식
그림 | 꿀찬

펴낸이 | 김윤정
펴낸곳 | 글의온도
출판등록 | 2021년 1월 26일(제2021-000050호)
주소 | 서울시 종로구 삼봉로 81, 442호
전화 | 02-739-8950
팩스 | 02-739-8951
메일 | ondopubl@naver.com
인스타그램 | @ondopubl